# Titombre

Pour Dominique et Josée,

Attention! Ce livre est hanté!

Isabelle Vallière Riendeau

*À ma grand-mère Marie-Jeanne*

# Isabelle Vallières Riendeau

# Titombre

### Illustrations de Maude Corriveau

CARTE **BLANCHE**

Les Éditions Carte blanche
Téléphone : (514) 276-1298
Télécopieur : (514) 276-1349
carteblanche@vl.videotron.ca
www.carteblanche.qc.ca

En couverture : Acrylique sur toile de Maude Corriveau

Distribution au Canada : Édipresse

Dépôt légal : 4e trimestre 2012
Bibliothèque nationale du Québec
Bibliothèque nationale du Canada
ISBN 978-2-89590-195-2

# La forêt hantée

— Houhou?

L'appel du petit fantôme de lumière se perdit dans la nuit noire. Il écouta, dans l'espoir d'une réponse, mais ne perçut que le bruissement du vent dans les arbres, et quand la bourrasque cessa, il n'y eut plus qu'un sinistre silence.

— Houhouhou! appela-t-il à nouveau.

Toujours le silence. Le petit fantôme était seul, égaré dans une sombre forêt. Il n'avait ni nom, ni passé, ni souvenirs. Il errait parmi les arbres difformes qui ployaient sous le poids des siècles et dont les branches agitées par le vent étaient emmêlées et tordues comme les doigts d'une vieille sorcière. Les feuilles d'automne s'en détachaient une à une et tourbillonnaient dans le vent.

Le petit fantôme ressemblait à un drap qu'un enfant aurait passé sur sa tête. Il n'avait pas de jambes, il flottait au-dessus du sol et le bas de son corps ondulait au gré de ses mouvements. Il n'avait pas de bouche non plus : son visage se résumait à deux grands yeux noirs. Son corps translucide était entouré d'un halo de lumière blanche et avait la capacité d'émettre des hululements d'outre-tombe, le seul son que pouvait produire le fantôme.

Malgré les ombres monstrueuses qui peuplaient la nuit, le petit fantôme se montrait courageux. Si de méchantes bêtes rôdaient dans la forêt, elles ne pourraient sans doute pas le toucher, étant donné qu'il passait au travers des arbres.

Quelque chose fit crisser l'épais tapis de feuilles mortes. Des pas ! Qui approchaient...

Le petit fantôme se réfugia dans le tronc d'un arbre tout en laissant ses yeux dépasser de l'écorce, car, bien qu'il puisse traverser les obstacles, il ne pouvait voir au travers. Il frémit lorsqu'il se rendit compte que son halo de lumière dépassait du tronc.

Mais déjà, un cadavre en fin de décomposition, presque un squelette, sortait des ténèbres. Cet être abominable, qui approchait d'un pas rapide, avait encore un œil globuleux dans un de ses orbites, l'autre était un gouffre noir. Sa tête de mort sans expression était effrayante. Épouvanté, le petit fantôme se mit à trembler. Cependant, le monstre l'ignora et s'en alla en écrasant des branches mortes couvertes de mousse, sans se soucier des entailles que les rameaux acérés laissaient sur ce qui lui restait de chair.

Le petit fantôme soupira de soulagement. Il dut rester dans l'arbre quelques instants pour se calmer. Puis, il se força à quitter sa cachette et à continuer ses recherches. Lorsqu'il se fut un peu éloigné, il recommença ses appels.

— Houhou! Hou!

Le petit fantôme descendit un talus et longea un marais dont les berges étaient léchées par la brume. Lorsqu'il essaya de survoler l'eau, le bout de son drap y trempa et il eut mal, comme si l'eau le mordait. Il décida de s'éloigner de cet endroit malsain.

En remontant la pente, le petit fantôme se figea, paralysé par la peur. Un énorme loup, doté d'une musculature saillante, se trouvait au sommet et le fixait de ses horribles yeux jaunes. Un grondement puissant et terrifiant faisait vibrer sa mâchoire garnie de crocs.

Le petit fantôme se mit à trembler comme une feuille. Il était trop terrorisé pour fuir.

La bête se jeta sur lui... et passa à travers son corps sans lui infliger la moindre douleur. L'affreuse créature déboula la pente et atterrit dans le marais. Le pelage ruisselant, elle se releva et chargea de nouveau, sans plus de succès.

Le petit fantôme, tout ragaillardi, fut bien amusé par les cabrioles du loup qui l'attaquait sans relâche. Le féroce animal voulut le griffer et le mordre, mais ses mâchoires claquèrent dans le vide et ses pattes ne firent que brasser l'air. L'espiègle fantôme se mit à tourner autour du prédateur afin de l'agacer. Il continua à provoquer la bête surexcitée et à lui faire mordre la poussière jusqu'à ce qu'elle s'écroule, hors d'haleine.

Le petit fantôme reprit son errance. La forêt lui semblait maintenant moins menaçante, mais il était toujours aussi seul. Même s'ils ne pouvaient lui faire de mal, la perspective de se retrouver avec des monstres affreux et stupides pour seule compagnie lui faisait froid dans le dos.

En passant près d'un gros chêne, le petit fantôme crut percevoir une lueur près de ses racines, mais, lorsqu'il se retourna, elle avait disparu.

— Houhou! appela-t-il.

Avec prudence, il s'approcha de l'arbre, mais ne vit rien de particulier. Néanmoins, il remarqua, par terre, des éclats de pierres taillées envahies par la mousse. Autrefois, elles devaient former une sculpture... ou une pierre tombale.

— Houhou! répéta-t-il.

Tandis que le petit fantôme examinait sa trouvaille, une tête encapuchonnée sortit d'entre les pierres.

— Oui? dit-il.

Le petit fantôme sursauta et recula brusquement en poussant un hululement de peur.

# La tombe

À la suite de la tête, les épaules, le torse, puis les jambes du fantôme s'élevèrent d'entre les pierres et les feuilles mortes, accompagnés d'un vent de tempête. Cet homme musclé et élancé portait une cotte de mailles sous une tunique déchirée, des gants et une longue épée fixée à un gros ceinturon. Sa cape au vent dont le capuchon était rabattu sur sa tête ne laissait voir que son solide menton garni d'une barbe très courte, soigneusement taillée. Une faible lueur émanait de son corps.

Le spectre ténébreux se dressa devant le petit fantôme, dont il faisait plus de deux fois la taille. Impressionné, le petit fantôme se ratatina au sol.

— Je suis le chevalier Charles d'Andalombes, se présenta le grand fantôme en abaissant son capuchon.

Le revenant aux joues creuses et au regard de fer était sur la fin de sa jeunesse. Tandis qu'il attendait que le petit fantôme se présente à son tour, ce dernier, qui n'avait pas de bouche et ne savait faire que des «houhou», se contenta de le fixer de ses grands yeux noirs.

— Toi, tu es trop neuf pour parler, comprit le chevalier. Il arrive parfois qu'un fantôme naisse à ce point *informé*. Ton apparence va se préciser au fil des années et de ta guérison. Il faut dire que trépasser est plutôt traumatisant. Plus ça a été brutal, plus le fantôme risque de naître incomplet et démuni. Dismoi, ta mort a-t-elle été douloureuse?

Le petit fantôme ne bougea pas.

— Fais un signe de la tête, proposa le chevalier.

Le petit fantôme souleva les côtés de son corps en forme de drap et les laissa retomber dans un geste semblable à un haussement d'épaules.

— Tu ne te rappelles pas ! comprit Charles. Décidément, tu as dû connaître un bien mauvais sort. Mais le passé est le passé. N'y pense plus et profite de ta nouvelle vie. S'agit-il de ta première nuit ?

Le petit fantôme acquiesça en inclinant le haut de son drap, la partie qui lui servait de tête.

— Eh bien, je te suggère de ne pas trop t'écarter de ta tombe tant que tu n'as pas un peu plus d'expérience. Sais-tu qu'à l'aube le soleil te brûlera si tu n'y es pas ?

Le petit fantôme était sorti du sol d'un cimetière au crépuscule. C'était le début de son existence de fantôme et la première chose dont il se rappelait. Il s'était aventuré si loin depuis, qu'il se demandait s'il pourrait retrouver l'endroit. Si seulement il avait su... Le jeune spectre comprit qu'il était en grand danger.

Paniqué, le petit fantôme survola le tas de pierres duquel avait émergé le chevalier en poussant des hululements suppliants.

— Non. Ça c'est ma tombe. Tu peux toujours essayer d'y entrer, tu n'y arriveras pas. Seule ta tombe à toi peut t'accueillir et te protéger.

Le petit fantôme comprit qu'il n'avait pas un instant à perdre. Il se précipita, mais un hurlement lointain le fit s'arrêter net.

— Ce n'est qu'un loup-garou, le rassura le chevalier. Ne t'occupe pas d'eux. Ils ne peuvent pas te faire de mal. La seule chose dont tu dois avoir peur, c'est du soleil.

# Le spectre enchaîné

Le petit fantôme de lumière revint sur ses pas aussi vite qu'il le put. Il fila dans la forêt jusqu'à ce qu'il se retrouve dans une trouée où quelques arbustes avaient poussé. Certain de n'être jamais venu à cet endroit, il rebroussa chemin aussitôt.

Le petit fantôme chercha et chercha, dans toutes les directions, un endroit dont il se rappellerait. À force de flotter à toute vitesse, il s'affaiblit, sa lumière vacilla et, épuisé, il fut forcé de s'arrêter.

Une bête, que le petit fantôme savait maintenant être un loup-garou, lui sauta dessus, mais le jeune spectre l'ignora. Le seul ennui était que les acrobaties et les aboiements furieux de la bête le déconcentraient alors qu'il essayait de réfléchir.

C'était idiot d'avoir quitté le chevalier si rapidement. Peut-être aurait-il pu l'aider ? Mais comment, sans la faculté de parler, lui aurait-il décrit les collines boisées par lesquelles il était venu dans la forêt, les champs et le village abandonné dans lequel se trouvait son cimetière ? Et maintenant, il ne savait plus non plus comment retourner à la tombe du chevalier.

Dès qu'il fut assez fort pour se remettre en route, le petit fantôme reprit son errance dans la forêt hantée. Il allait plus vite cette fois, car il savait que le temps lui était compté.

Le jeune spectre espérait qu'il rencontrerait un autre fantôme. Il fut fou de joie lorsqu'il en apperçut un, recroquevillé au pied d'un arbre.

Ce fantôme, guère plus gras qu'un squelette, était vêtu de haillons, sa lumière était terne et ses poignets étaient enchaînés à deux gros boulets. Il était loin de la prestance de Charles d'Andalombes.

— Houhouhou! fit le petit fantôme en s'approchant de lui.

Le spectre rachitique ne bougea pas. Le petit fantôme hésita.

Puisqu'il avait absolument besoin d'aide et que ce fantôme semblait aussi en avoir besoin, il avança en gazouillant de petits «houhou» gentils.

Le fantôme en haillons poussa un râle lugubre, avant de se jeter sur le petit fantôme et de le frapper violemment. Le jeune spectre ressentit une intense douleur et fut projeté en arrière. Il fit quelques culbutes et, dès qu'il se stabilisa, vit le dément foncer sur lui, son visage maigre déformé par la rage et la folie. Au dernier moment, l'effrayant revenant fut bloqué par ses chaînes. Il hurla et se débattit furieusement contre elles. Sous ses efforts, les boulets glissèrent lentement, mais le petit fantôme s'était déjà enfui.

Pris de panique, il courut aussi vite qu'il le put jusqu'à ce que la fatigue le force à ralentir. Alors, des tremblements s'emparèrent de son petit corps éthéré, il se mit à pleurer et son aura lumineuse s'assombrit.

Désespéré, seul dans les ténèbres, le petit fantôme se roula en boule dans le creux des racines d'un arbre. Jamais il ne retrouverait sa tombe avant le lever du jour. Il était condamné à brûler par le soleil ou à être mis en pièces par un monstre.

# La Compagnie des feux follets

Le petit fantôme resta longtemps à sangloter, blotti dans les racines de l'arbre. Il avait si peur qu'il n'arrivait pas à calmer ses pleurs. Il entendait des bruits de voix autour de lui, mais n'osait pas s'en approcher. Il se méfiait.

Les hiboux et les chouettes hululaient. Au loin, un loup-garou poussa un abominable cri. Le vent agitait la cîme des arbres. Et doucement, le chant d'une harpe s'éleva dans la nuit.

La musique était douce, pétillante... vivifiante. Elle accompagnait à merveille la danse des feuilles dans le vent. La jolie mélodie consola le petit fantôme. Peu à peu, il reprit assez de courage pour quitter sa cachette. En suivant cet air mystérieux, il ne tarda pas à trouver le musicien.

Il s'agissait du fantôme d'un jeune homme svelte aux traits hispaniques. Il avait les traits fins et les cheveux noués sur la nuque. Assis au pied d'un saule, aux abords d'une clairière, il pinçait les cordes d'une petite harpe spectrale. La lumière radieuse qui émanait de lui conférait une note féerique au feuillage tombant, qui frissonnait sous le vent.

Le petit fantôme se cacha dans des buissons pour l'observer. Fasciné par le harpiste et sa musique, il ne se rendit pas compte que sa propre lumière se remettait à briller.

— Qui est là? s'enquit le musicien avec un accent espagnol, sans cesser de jouer.

Le petit fantôme comprit qu'il s'était trahi. Devait-il fuir à nouveau?

— Vous pouvez vénir, invita le harpiste.

Comme rien ne se passa, le jeune homme laissa sa harpe, qui se mit à flotter à côté de lui, se leva et s'approcha des buissons. Le petit fantôme le vit venir avec un brin d'appréhension, mais ne se sauva pas.

Le musicien regarda à travers le branchage et soupira en découvrant le petit fantôme qui le fixait de ses grands yeux noirs apeurés.

— Tou n'as rien à craindre dé moi, dit-il d'un ton rassurant. Sors dé là.

Le petit fantôme ne bougea pas.

— Mais tou peux aussi rester là, reprit l'Espagnol en haussant les épaules.

Alors que le musicien s'éloignait, la tête en forme de drap du petit fantôme émergea des buissons.

À ce moment, des coups rythmés retentirent au loin. Le petit fantôme replongea dans son buisson. Le harpiste, lui, n'avait pas l'air inquiet. Il sourit et, sur sa harpe qui flottait toute seule devant lui, se mit à jouer une danse sur la même cadence que les battements, qui se rapprochaient. Il rendit sa musique plus entraînante encore au moment où un joueur de tambour arriva dans la clairière. C'était un gaillard costaud. Son tambour flottait devant lui sans qu'il ait à le tenir.

Les musiciens enchaînèrent quelques mesures.

Ensuite, vinrent une femme qui soufflait dans une flûte et un homme qui jouait de la vièle. Puis, une danseuse espagnole drapée de voiles, une adolescente, s'avança en faisant claquer ses castagnettes. Elle n'avait pas de pieds. Elle flottait, comme le petit fantôme. Finalement, une agile acrobate atterrit au milieu du groupe après quelques sauts périlleux. Les deux dernières venues n'étaient pas blanches comme les autres fantômes, leur lumière avait de la couleur. Leur peau était halée, leurs cheveux noirs et leurs robes châtoyantes.

Planté dans son buisson, le petit fantôme s'extasiait devant le spectacle.

— Nous sommes la Compagnie des feux follets, déclara le harpiste. Moi, c'est Miguel.

— Thierry, se présenta le joueur de vièle.

— Estelle, fredonna la danseuse-acrobate.

— Moya, pépia la danseuse aux castagnettes.

— Kenneth, scanda le joueur de tambour.

Lui, avait un accent anglais.

— Clotilde, souffla la flûtiste.

Quelques notes plus tard, Miguel s'adressa au petit fantôme.

— Il faut té présenter mainténant.

Le petit fantôme rejoignit les musiciens et désigna l'endroit où aurait dû être sa bouche.

Miguel cessa de jouer et ses compagnons l'imitèrent.

— Tu es muet ? s'étonna Estelle. De toute évidence, tu es un bien jeune fantôme. C'est étrange. Il n'y a plus eu de nouveau dans la forêt d'Andalombes depuis fort longtemps.

— Si tou né peux pas parler, pourquoi né pas mimer ? suggéra Miguel. Ou même... sculpter ?

Il leva une main et, tranquillement, celle-ci se déforma pour prendre l'apparence d'un oiseau battant des ailes. Le petit fantôme le trouva magnifique.

— Sais-tu que ton corps informé est tout à fait approprié pour cela ? lui apprit le harpiste. J'aimerais té faire un meilleur exemple, mais sé métamorphoser est une capacité qué l'on perd avec le temps.

Grâce aux conseils et aux encouragements de la Compagnie des feux follets, le petit fantôme découvrit comment transformer son corps et, en peu de temps, il réussit à prendre la forme d'une boule.

— Le soleil! devina Clotilde.

Le petit fantôme reprit sa forme originale et hocha le haut de son drap, la partie qui lui servait de tête.

— C'est là grande nuisance, il est vrai, admit Thierry. Mais tu ne dois pas avoir peur. Il suffit d'être un peu prudent et de regagner sa tombe avec une bonne avance chaque nuit.

— Nous, ça fait des siècles qu'on y échappe, renchérit Kenneth.

— Si tu veux, cette nuit, nous allons rester à côté de ta tombe, proposa Estelle. Comme ça, tu seras certain de ne pas «rater l'aube», comme on dit.

— Tu veux bien nous y mener? demanda Clotilde.

Le petit fantôme se trémoussa. Comment mimer «perdu»?

— Tou sais où est ta tombe, j'espère! s'inquiéta soudain Miguel.

Le petit fantôme fit non de la tête.

— Catastrophe! s'exclama l'Espagnol en se tapant le front.

— Oh non! se désola Estelle.

Devant les airs attristés de ses nouveaux compagnons, le petit fantôme baissa les yeux.

— Point d'affolement, réagit Miguel. La nuit est loin d'être finie. On a lé temps dé la retrouver cette tombe!

Le petit fantôme fut grandement réconforté par ces paroles. Enfin! Il avait trouvé de l'aide.

— Premièrement, essayons dé déterminer dé quel coin dé la forêt tou viens, proposa Miguel. Est-ce qué c'est près d'un village?

Le petit fantôme hocha la tête.

— Le gros village, avec l'église et le grand cimetière? continua Miguel.

Le petit fantôme hocha la tête.

— Sur lé bord d'une rivière ?

Le petit fantôme secoua la tête pour dire non.

— Sur le bord d'un lac ? réessaya Miguel.

Le petit fantôme acquiesça. Les artistes soupirèrent de soulagement.

— Voilà. Cé n'était pas difficile ! conclut Miguel.

# Une vie de fantôme

La Compagnie des feux follets et le petit fantôme s'enfoncèrent dans la forêt. Les fantômes se déplaçaient étrangement, ils flottaient et bougeaient leurs jambes en même temps. Ils donnaient l'impression qu'ils marchaient, sauf que leur vitesse était celle d'un cheval au trot.

— Tu as un nom, petit fantôme? questionna Estelle.

Le petit fantôme fit signe que non.

— Tou té rappelles dé quelque chose dé ta vie ? voulut savoir Miguel.

Le petit fantôme secoua à nouveau la tête. Il n'aurait même pas pu dire s'il était un garçon ou une fille. Puis, il pointa Estelle du bout de son drap.

— Oui, nous, nous avons des souvenirs, répondit-elle. D'habitude, les fantômes se rappellent très bien qui ils ont été.

— C'est d'ailleurs un peu cela qui définit à quoi on ressemble, renchérit Clotilde. De mon vivant j'étais flûtiste et, quand mon corps de fantôme s'est formé, il a créé cette flûte. Elle fait partie de moi. Je ne peux pas m'en séparer.

Pour illustrer ses propos, Clotilde laissa l'instrument flotter à côté d'elle. La flûte la suivait comme si elle était liée à elle par un fil invisible.

— Les fantômes apparaissent souvent informés, comme toi, poursuivit Estelle. Au fil des ans, leur corps prend forme peu à peu selon leur ancienne apparence physique, leurs goûts et leurs talents. En même temps, il perd sa malléabilité. Moya n'a pas encore de pieds, continua-t-elle. Moi, ma robe paraît déchirée. C'est parce que nous ne sommes pas complètement formées. Pour certaines personnes, ça prend plus de temps.

Un loup-garou surgit de derrière un arbre et sauta sur Kenneth. Dans son élan, l'animal passa à travers le musicien puis à travers le petit fantôme, qui sursauta, et finit sa course en s'assommant contre une pierre. Il s'en alla, tout étourdi.

— Ce que ces sales bêtes peuvent être fatigantes ! se plaignit Clotilde, qui avait aussi été surprise.

— Voyons, ce n'est pas leur faute, la raisonna Thierry. Hors des nuits de pleine lune, ce sont des êtres humains aimables, ajouta-t-il à l'attention du petit fantôme. Ils restent avec nous car, s'ils vivaient parmi les hommes, ils représenteraient un très grand danger pour leurs voisins et seraient persécutés.

— N'aie pas peur d'eux, fit Estelle.

Le petit fantôme acquiesça. Il savait bien qu'il ne devait pas craindre ces bêtes, mais il était tout de même difficile de rester de marbre en voyant soudainement surgir autant de crocs et d'agressivité. Pourtant, des contacts devaient être possibles puisque le fantôme enchaîné avait pu le frapper.

Pour mimer ce spectre, le petit fantôme s'arrêta, se recroquevilla au sol et, brusquement, s'élança en donnant de grands coups dans le vide avec les parties de drap qui lui servaient de bras. Il écarquilla les yeux et fit tout son possible pour avoir l'air dément.

Ses nouveaux compagnons échangèrent des regards consternés.

— Heu... Il y a un problème? demanda Estelle.

Le petit fantôme cessa son numéro et manifesta sa déception. Que c'était frustrant d'être ainsi condamné au silence!

— Il mime voyons! Comprit Miguel. C'est le dément avec des chaînes, n'est-ce-pas?

Le petit fantôme acquiesça, tout content.

— Haha! Belle imitation! le félicita Kenneth en pouffant de rire.

Les autres rirent avec lui.

— Il est très violent, c'est vrai, affirma Estelle. Mais ne t'inquiète pas, il ne peut pratiquement pas se déplacer. Tant que tu ne t'en approches pas, il ne peut rien te faire.

Les artistes se remirent en route, mais le petit fantôme se mit à sautiller autour d'Estelle et Miguel en quête de plus d'explications.

— Jé né comprends pas, petit fantôme, lui dit Miguel.

Le petit fantôme, qui voulait savoir si un autre fantôme pouvait le tuer, se laissa tomber au sol dans une imitation de quelqu'un qui meurt. Ses compagnons se méprirent sur ses pensées.

— Mais no! Tou né vas pas mourir, le rassura Miguel. Enfin, pas oune deuxième fois...

Le petit fantôme secoua la tête. Puis, il alla se planter devant Miguel et leva le bout de son drap. Il le tint dans les airs comme une main tendue. L'Espagnol sourit et avança sa main. Ses doigts rencontrèrent le drap du petit fantôme.

Le jeune spectre frissonna. Il s'était attendu à sentir quelque chose d'éthéré et de froid, mais la main du musicien était ferme et dégageait une douce chaleur.

— Les choses qui nous entourent appartiennent à des dimensions – ou des mondes – différents, raconta Estelle. De notre vivant, nous n'en connaissions qu'une seule, la dimension des vivants. Maintenant, nous en connaissons une deuxième. Peut-être y en a-t-il davantage. Nous, les fantômes, avons notre propre dimension, que nous appelons la dimension des morts. Nous pouvons aussi voir et entendre ce qui se passe dans le monde des vivants, mais nous ne pouvons interagir qu'avec les autres fantômes.

— Il y a quand même des exceptions, précisa Clotilde. Il existe des façons de franchir cette barrière qui sépare le monde des morts et celui des vivants.

— Effectivement, approuva Estelle. Et il ne faut pas oublier les éléments : la terre, le vent, l'eau et le feu. Ils font partie des deux dimensions. C'est pour cela, par exemple, que tu ne peux pas traverser une montagne et que tu ne peux t'enfoncer dans le sol ailleurs que dans ta tombe.

— Pour céla aussi qué lé feu et les rayons dou soleil té brûleront, continua Miguel. Lé vent et l'eau ont aussi des effets sur nous.

Les fantômes marchèrent longtemps dans la forêt, qui devint de plus en plus touffue. Les gros feuillus étaient toujours aussi espacés, mais il y avait tant de fougères et de jeunes conifères aux aiguilles piquantes entre eux que les spectres auraient eu du mal à s'y déplacer sans leur capacité de passer à travers les arbres. D'énormes racines, des branches mortes et de grosses roches, toutes couvertes de mousse, bosselaient le sol et rendaient l'endroit encore plus difficile d'accès.

— Les squelettes et les loups-garous n'aiment pas trop cette partie de la forêt, raconta Kenneth. Grâce à ça, on a la paix au village.

Ils croisèrent la route de plusieurs fantômes à l'allure de paysans, qui portaient faux et râteaux. Ils échangèrent des salutations.

La Compagnie des feux follets et le petit fantôme atteignirent un ruisseau paisible, qu'ils suivirent jusqu'à ce qu'ils se retrouvent sur un rocher surplombant un village vieux, rapiécé et d'une sombre beauté. Le couvert des arbres masquait la lune et les étoiles, mais l'endroit était illuminé par les lumières spectrales de milliers de fantômes. Derrière une futaie, le petit fantôme devinait les eaux noires d'un lac.

Clotilde fit un geste de la main.

— Bienvenue au village de Ramboise! dit-elle. Le plus gros des terres d'Andalombes.

Les artistes entreprirent la descente, mais le petit fantôme resta figé, catastrophé.

— Houhouhou, fit-il en sautillant sur place.

— Mais viens, l'encouragea Miguel. Il n'y a pas dé raison d'avoir peur.

Le petit fantôme obtempéra.

Dans les rues, des fantômes étaient à l'œuvre pour ramasser les feuilles mortes, à la main, une par une pour ceux qui n'avaient pas de pelles ou de râteaux spectraux. D'autres réparaient un toit. L'un d'eux disposait d'un marteau et d'un tablier de protection. Il était sans doute forgeron de son vivant. Le petit fantôme désigna les travailleurs.

— Ces bâtisses servent maintenant aux loups-garous hors de leurs heures de folie, le renseigna Kenneth. Ceux d'entre nous qui sont capables de franchir la barrière les aident à les entretenir. On est quand même nombreux à pouvoir passer au moins une main dans la dimension des vivants.

Le petit fantôme essaya de toucher à un arbre. D'un regard, il chercha conseil auprès de ses compagnons.

— Ha! Ha! Ha! Il est ambitieux ce petiot, s'amusa un passant.

— Aucun fantôme n'a jamais franchi la barrière dès sa première nuit, lui dit Kenneth. Je crois même que tu es le premier à essayer, ajouta-t-il en s'esclaffant.

— Ça prend quelques décennies d'entraînement, lui apprit Estelle.

Plus loin, d'autres fantômes se divertissaient d'une pièce de théâtre, présentée sur une scène en terre.

— Hé! Les feux follets! chuchota l'un des spectateurs. Vous jouez?

— Pas maintenant, répondit Estelle. On a un invité.

Le cimetière était un peu en retrait du village. Les pierres tombales avaient des formes qui sortaient de l'ordinaire.

— Les habitants de Ramboise se sont amusés à embellir leur tombe après leur mort, expliqua Estelle. Reconnais-tu la tienne?

Le petit fantôme secoua la tête.

— Serait-elle ailleurs dans le village? s'étonna Clotilde.

— Pourquoi es-tou si effrayé, tit'ombre? s'inquiéta Miguel.

— Parce que ce n'est pas de ce village qu'il vient, révéla Moya, avec un accent moins prononcé que le harpiste.

C'était la première fois que cette jeune Espagnole menue s'exprimait, mais ses paroles eurent l'effet d'un coup de massue sur ses compagnons.

— Mais il n'y a pas d'autre village sur le bord d'un lac. Ce n'est pas poss..., commença Thierry.

Mais le petit fantôme acquiesça.

— Alors ce ne peut être que... balbutia Clotilde. Oh mon Dieu! s'alarma-t-elle.

Le petit fantôme ne comprenait pas. Pourquoi avaient-ils tous l'air si affolés?

# Le château possédé

— Tu viens de l'extérieur de la forêt, n'est-ce pas? demanda Estelle.

Le petit fantôme acquiesça, l'air perdu. Quel était le problème?

— Mais dans quel bourbier tou t'es mis! s'écria Miguel.

— Ta tombe se trouve au beau milieu du territoire d'une terrible sorcière, révéla Estelle. Elle cherche par tous les moyens à s'emparer d'un fantôme afin de le dissoudre dans une de ses potions maléfiques.

Le petit fantôme fut saisi d'une vive terreur.

— Cette forêt est une oasis de paix pour nous, les fantômes, ajouta Clotilde

— Les squelettes et les loups-garous empêchent la sorcière dé venir nous embêter, expliqua Miguel.

— Et nous n'en sortons jamais, continua Estelle. Malheureusement, toi, tu n'as pas le choix. Tu dois regagner ta tombe.

— Pôvre pétit fantôme, s'attrista Miguel. Comment va-t-il sé sauver de la vilaine sorcière?

— Il a bien réussi à venir jusqu'ici, releva Kenneth.

— S'il n'a rencontré aucun des fantômes du cimetière, c'est qu'il l'a quitté très tôt, sûrement dès le crépuscule, déduisit Estelle. On dit que la sorcière et ses serviteurs tardent parfois à se mettre en chasse. Malgré cela, il a eu une chance incroyable, soupira-t-elle.

— Il faut démander l'aide dou chevalier, décida Miguel.

—Bonne idée! approuva Clotilde.

Estelle hocha la tête.

— Oui, allons le trouver. À cette heure, il doit être au château.

Un chevalier? Était-ce celui qu'il avait rencontré plus tôt? se demanda le petit fantôme, en suivant la Compagnie des feux follets qui l'entraînait à l'extérieur du village. Il était affreusement gêné que quelqu'un ait à risquer son âme pour lui. Si seulement il avait été un peu patient, se blâma-t-il. Sans doute aurait-il rencontré les fantômes du cimetière et ceux-ci l'auraient mis en garde contre le soleil et la sorcière. Mais, poussé par la curiosité, il s'était lancé en exploration alors que le ciel était encore rouge et les nuages mauves.

— Le problème avec la sorcière, c'est qu'elle est capable de traverser la barrière entre le monde des morts et celui des vivants, expliqua Estelle. Contrairement aux vivants ordinaires, elle peut nous voir et nous toucher. C'est pourquoi elle est une menace pour nous.

— Messire Charles aussi parvient à aller dans l'autre dimension, renchérit Miguel. Et, avec son épée, il est capable d'éliminer des squelettes et des loups-garous sans même qu'ils puissent toucher à son corps, qu'il garde dans la dimension des fantômes lorsqu'il sé bat. C'est lé meilleur guerrier dé la région. J'espère qu'il séra là.

Le petit fantôme l'espérait aussi, car ce spectre l'avait beaucoup impressionné. Il devait être capable de tenir tête à une sorcière.

Entouré d'une sylve antique – arbres cente-naires gigantesques et tapis de mousse –, un imposant château trônait sur un escarpement rocheux. Le sommet de ses remparts se per-dait dans l'obscurité d'un feuillage épais et sa base était ceinte par une rivière divisée à cet endroit en deux affluents qui déboulaient sur les rochers. Ces cours d'eau tumultueux rem-plaçaient avantageusement les douves.

— Le pont-levis est abaissé ! Dépêchez-vous ! s'écria Clotilde.

Les artistes se mirent au pas de course. Le petit fantôme les suivit, même s'il ne voyait pas la raison d'une telle hâte. Dès qu'ils attei-gnirent le pont, celui-ci se releva prestement. Miguel empoigna le petit fantôme et sauta sur la passerelle, suivi de Kenneth et Clotilde. Le pont-levis se redressa en un instant et les fantômes glissèrent sur la pente inclinée. Ils s'écrasèrent pêle-mêle dans la cour du châ-teau. Le petit fantôme se retrouva aplati par Miguel, lui-même coincé sous Clotilde, et ça faisait un peu mal.

— Ça va, pétit fantôme ? demanda Miguel en se relevant.

— Houhou, répondit-il d'un ton joyeux.

— Ce pont-levis est un vrai salopard, pesta Kenneth en s'asseyant, son tambour flottant à côté de sa tête.

— Vous allez bien? leur cria Estelle.

Clotilde alla donner de violents coups de pied sur le pont dressé, jusqu'à ce que ce dernier accepte de s'abaisser.

— Cette chère Clotilde a un don certain pour se faire respecter par le mobilier récalcitrant, commenta Kenneth.

Estelle, Thierry et Moya s'empressèrent de rejoindre leurs confrères.

Des gardes vinrent les accueillir.

— Nous avons une requête pour messire Charles, les renseigna Clotilde.

La Compagnie des feux follets et le petit fantôme suivirent les soldats dans des couloirs et des pièces au mobilier rudimentaire mais... remuant. Thierry et Moya durent s'écarter pour laisser passer une table et deux chaises qui gambadaient. Peu après, des cliquetis métalliques retentirent : au milieu d'une pièce vide, un couteau croisait le fer avec une cuillère.

— Les couteaux et les cuillères sont en guerre, indiqua Thierry. Ils se battent tout le temps. On ne sait pas pourquoi.

Le petit fantôme haussa les épaules, dérouté.

Fidèle à son habitude, Estelle donna quelques explications au sujet de ce phénomène étrange.

— Ce château est possédé. Ses actions n'ont aucune logique. Il fait n'importe quoi, n'importe quand. Je ne crois pas qu'il soit vivant et encore moins pensant. On dit qu'une puissante sorcière a autrefois jeté un sort à ces lieux. À moins que tout ce fatras ne soit le fruit de créatures qui se trouvent dans une troisième dimension.

— Ou l'œuvre du diable, proclama Thierry.

— Mais non! Ce n'est pas démoniaque, répliqua Clotilde.

— Pourtant, on l'appelle le château *possédé*, insista Thierry.

— S'il y a un esprit qui habite ces lieux, ce n'est certainement pas celui du diable, argumenta Clotilde.

— Heureusement, on peut inflouencer cé château, comme l'a fait Clotilde pour lé pont-lévis, ajouta Miguel pour le petit fantôme.

Le petit fantôme fut étonné lorsqu'il se rendit compte qu'ils prenaient la peine de suivre les corridors au lieu de passer à travers les murs. Il essaya d'en franchir un, mais resta bloqué : il touchait à la pierre. Interdit, il regarda Estelle.

— En tout cas, ce château n'est pas dans la dimension des vivants, dit-elle en haussant les épaules. Nous pouvons toucher à tout ce qu'il y a en ces murs.

— D'ailleurs, cela nous permet de nous adonner à plusieurs divertissements. Par exemple, il y a les combats contre les armures, les courses à obstacles, les chasses au mobilier ambulant, énuméra Thierry. Au fil des siècles, les habitants de cette forêt ont appris à bien remplir leur existence.

Les fantômes croisèrent d'autres ustensiles bagarreurs, d'autres fantômes aussi, qu'ils saluèrent. Puis, ils virent une armure, jambes pliées et dos appuyé contre le mur.

— Cette armoure sé prend pour oune chaise, jé crois, interpréta Miguel.

— Et ça, c'est encore plus marrant, s'amusa Kenneth en pointant du doigt un drap de lit volant.

Le drap, poussiéreux et rapiécé, avait la même forme que le petit fantôme et se baladait dans le corridor tel un spectre.

— Houhouhouhouhouhou! rigola le petit fantôme.

Ils se rendirent dans une salle occupée par des nobles, des soldats, ainsi qu'un curé et des moines. Ils étaient rassemblés autour de longues tables où certains discutaient et d'autres pariaient sur des jeux. Le petit fantôme trouva que le chevalier était moins impressionnant à papoter ainsi que lorsqu'il l'avait vu émerger de terre tel un guerrier des ténèbres. Mais bon, il avait bien le droit de prendre du bon temps.

Les musiciens et les danseuses mirent un genou en terre devant un fantôme à l'apparence d'un homme d'âge mur aux cheveux frisés et richement vêtu. Le petit fantôme tenta de les imiter mais, sans jambes, le résultat fut plutôt comique. Le seigneur des lieux fit un signe de la main.

Ils se relevèrent et Estelle prit la parole.

— Seigneur Sigwald d'Andalombes, nous sommes venus mander assistance à messire Charles afin de mener ce petit fantôme perdu jusqu'à sa tombe qui se trouve au village hors de la forêt.

Le chevalier réagit aussitôt.

— Par le Christ! Quelle folie me demandez-vous là!

Un homme richement vêtu, lui aussi frisé, intervint.

— Traverser le territoire de la sorcière est impossible! Vous l'enverriez à sa perte. Aucun de nous ne peut aller là-bas.

— Calmez-vous, mon frère, intervint le seigneur. Je n'aime pas non plus voir notre cousin affronter si grand péril. Mais la décision est sienne.

— Mais votre loi... protesta le frère. Il est formellement interdit de s'approcher des limites de la forêt.

— Oui, lorsque rien ne le justifie. Cette situation est exceptionnelle.

Le seigneur se tourna vers son vassal.

— Chevalier.

L'homme se grattait le menton. Il hésitait.

Miguel essaya de le convaincre.

— Nous connaissons votre courage et votre force. Jé vous en prie. Vous seul avez oune chance dé réoussir.

L'embarras passa brièvement sur le visage du chevalier.

— J'apprécie sincèrement la haute estime en laquelle vous me tenez, mais je suis au regret de devoir vous décevoir, s'excusa-t-il. Les hauts faits d'armes, c'était de mon vivant. Maintenant, je suis mort et j'aspire à reposer en paix.

— De toute façon, affronter une sorcière ne fait pas partie du travail d'un chevalier, renchérit le frère du seigneur. Il faut des prêtres pour cela. Des prêtres *vivants*.

Estelle soupira.

— Je comprends, dit-elle. Vous avez le droit de refuser cette tâche qu'aucun d'entre nous n'oserait accomplir. Tant pis! Il va devoir se débrouiller. Allez, viens petit fantôme!

— Menez-le à la lisière de la forêt, ordonna le seigneur. Mais n'allez pas plus loin.

— Bien, messire Sigwald, répondit la danseuse.

Gonflé d'appréhension, le petit fantôme suivit les musiciens qui se dirigeaient vers la porte.

— Eh! Toi... petit! appela le chevalier.

Le petit fantôme se retourna.

— Je suis désolé. Dans l'état éthéré où je suis, il n'y a plus grand-chose que je puisse faire.

Le petit fantôme hocha tristement la tête en signe qu'il comprenait. Après tout, pourquoi cet étranger risquerait-il son âme pour lui?

Les fantômes ressortirent du château en silence. Les combats d'ustensiles et le mobilier baladeur n'amusaient plus personne. Aucun mot ne fut prononcé jusqu'à ce que Kenneth remarque:

— J'ai rarement vu un fantôme projeter autant de lumière que lui. Ça va pas l'aider à passer inaperçu.

— Il brille beaucoup en effet, admit Estelle. Tu sais, petit fantôme, ça veut dire qu'il y a une grande force en toi.

Le petit fantôme la regarda d'un air interrogateur.

— Tu découvriras bientôt que ton corps de fantôme comporte plusieurs capacités que les vivants n'ont pas.

— Ouais, enfin, s'il survit jusque-là, leur rappela Kenneth.

Estelle lui lança un regard noir.

— Mes excuses, se reprit le joueur de tambour.

La danseuse continua son explication.

— Parmi ces nouvelles capacités, il y a cette lumière que nous appelons la lumière spectrale et qui nous éclaire dans l'obscurité de notre existence. Nous pouvons contrôler cette lumière. Regarde.

La lueur colorée qui émanait d'Estelle devint une éclatante lumière blanche.

— Jouer avec la force dé la lumière spectrale est facile, commenta Miguel. Par contre, peu de fantômes peuvent en changer la couleur comme lé font Estelle et Moya.

— Pour cela, ce n'est qu'une question d'entraînement, précisa la danseuse. Cependant, pour beaucoup d'autres choses – voler, par exemple –, il faut aussi de la force et de l'endurance.

Pour illustrer ses propos, Estelle s'éleva dans les airs. Ses pieds atteignirent une hauteur de trois mètres, qu'elle conserva quelques secondes avant de redescendre. Visiblement, elle avait beaucoup forcé. Le petit fantôme l'imita, mais il ne put quitter le sol que d'un mètre et demi, et il devait sauter sans arrêt car il était incapable de se maintenir en l'air. Ses compagnons furent amusés de ses efforts cocasses.

— Comme pour les vivants, nos réserves d'énergie ne sont pas infinies et cela nous limite, reprit Estelle. Le fait que tu brilles autant et si longtemps indique que tu as beaucoup d'énergie.

Le petit fantôme en fut ravi. Il se trouvait si empoté jusqu'alors. Ce compliment lui remonta un peu le moral.

— Malheureusement, pour l'instant cette lumière peut té trahir, le prévint Miguel. Tou dois la maîtriser. Nous avons lé reste dou trajet pour t'apprendre à devenir aussi sombre qu'une ombre.

Le petit fantôme écouta attentivement les conseils qu'on lui donnait. Cependant, lorsqu'il se concentra pour effectuer l'exercice qu'ils lui décrivaient, il ne réussit qu'à libérer encore plus d'énergie. Sa lumière spectrale devint si forte que les alentours furent éclairés comme en plein jour et ses compagnons durent se protéger les yeux.

— Tou brilles comme lé soleil, s'enthousiasma Miguel.

— Détends-toi, fit Moya de sa petite voix. Ta lumière spectrale est le reflet de tes émotions. Tu es trop énervé.

En s'exerçant encore un peu, le petit fantôme parvint à atténuer sa luminosité. Il devint une ombre de brume. Il avait réussi juste à temps, car les arbres devenaient plus petits et les buissons plus nombreux.

— Il n'est pas prudent d'aller plus loin, avertit Clotilde.

— Jé pensais le mener jusqu'à la prairie, protesta Miguel.

— Je n'irai pas jusque-là, décida Thierry. La sorcière n'a pas l'orée de la forêt pour limite.

Kenneth ne paraissait pas très à l'aise non plus. Quant à la petite Moya, elle voulait se montrer courageuse, mais la peur se lisait dans ses yeux.

— Kenneth et Moya, restez avec eux, décida Estelle. Miguel et moi suffirons pour conduire petite ombre.

Le joueur de tambour hocha la tête.

— Soyez prudents, dit-il.

Le petit fantôme atteignit la limite de la forêt en la seule compagnie de Miguel et Estelle. Il ne put s'empêcher de trembler lorsqu'ils quittèrent le couvert des arbres. Le ciel était nuageux et le vent déchaîné fouetta le petit fantôme qui eut du mal à rester sur place.

Miguel était au bord des larmes.

— C'est ici qu'on doit te laisser, dit-il.

— Tu te rappelles du chemin ? s'assura Estelle.

Le petit fantôme hocha la tête d'un air incertain.

— Traverse cette prairie, puis ce boisé là-bas. Suis les ruines. Il reste peut-être des traces du chemin d'autrefois. Le village est de l'autre côté d'une grosse colline. Dès que tu seras dans le cimetière, tu seras en sûreté. La sorcière ne peut utiliser sa magie dans les lieux sacrés. Et surtout, méfie-toi de tout. Je ne sais pas trop ce qu'il y a en dehors de la forêt. Après tout, cela fait une éternité qu'aucun fantôme n'en est sorti.

Elle hésita.

— Quelques-uns de nos loups-garous ont disparu il y a quelques décennies. On raconte qu'ils se seraient mis au service de la sorcière et qu'elle leur aurait donné des pouvoirs.

Le petit fantôme tressaillit.

— Tu vas y arriver, l'encouragea Miguel d'une voix rauque.

Estelle eut un sourire confiant.

— Bien sûr! Bon courage et bonne chance, petite ombre qui brille comme le soleil.

# Vent d'automne

Le petit fantôme s'en alla entre les hautes herbes en traînant misérablement son petit drap au ras le sol. Dès qu'il eut quitté la protection des arbres, le vent le gifla violemment. Le jeune spectre combattit les rafales, il devait continuer. Il mit toutes ses forces dans cette bataille, mais une bourrasque vigoureuse finit par l'emporter quand même.

Le petit fantôme virevolta comme une feuille d'automne. Le sol et le ciel étoilé se succédèrent à toute vitesse devant ses yeux alors qu'il était entraîné sur des mètres et des mètres sans pouvoir rien faire pour s'arrêter ou pour contrôler son interminable glissade. Jusqu'à ce qu'une main l'agrippe.

La main de Miguel.

— Besoin d'un coup dé main, pétit fantôme ?

Bien qu'incommodé par le vent, l'Espagnol parvenait au moins à rester en place. Il aida le petit fantôme à reprendre son équilibre.

— Jé crois qué jé vais être obligé dé t'aider un peu, dit-il sur le ton de la plaisanterie. Tou né t'en sortiras jamais tout seul.

Le petit fantôme espéra que son sauveur décèle dans ses yeux toute la reconnaissance qu'il avait en lui. Mais Miguel commença à marcher tout en tenant fermement son protégé.

Alors, le petit fantôme donna à son corps la forme d'un cœur. L'imitation n'était pas parfaite ; le lobe dans lequel ses yeux se trouvaient était plus gros que l'autre et il y avait trois pointes inégales au lieu d'une seule. Le symbole était clair, cependant.

Miguel sourit et hocha la tête.

— Jé sais, répondit-il.

Le petit fantôme reprit sa forme normale.

— Ça té plairait que jé té donne lé nom de Titombre ? proposa le musicien. Jusqu'à cé qué tou té rappelles dé ton vrai nom. Ça va être plous pratique.

Titombre accepta avec enthousiasme.

— Perfecto!

Miguel emmena le petit fantôme.

— Tu verras! Un jour, tou séras capable dé résister au vent, toi aussi, chuchota-t-il.

— Houhou! répondit joyeusement le petit fantôme.

— Chut! Né fais sourtout pas cé bruit-là. D'ailleurs, jé devrais arrêter dé parler moi aussi.

Après la prairie, les deux fantômes passèrent près de ruines isolées, autrefois le logis de paysans. Les champs qu'ils avaient labourés se transformaient en forêt. Titombre remarqua qu'ils suivaient un ancien chemin. Le gravillon se voyait à la base des plantes dont il avait retardé le développement.

La nuit était remplie de bruits inquiétants. Miguel se raidissait à chaque brindille cassée, à chaque bruissement de feuille. Les petites bêtes qui en étaient la cause ne se rendaient pas compte de la présence des fantômes. Titombre aperçut un renard, des souris qui gambadaient, une couleuvre à la queue frétillante qui se glissait sous une pierre et une pie, perchée sur une branche.

Un hululement retentit. Miguel se contracta et Titombre frémit.

— Cé n'est qu'une chouette, marmonna le harpiste en se détendant.

Les ruines devinrent de plus en plus fréquentes. Autour d'elles, il y avait des ossements qui finissaient de se désagréger, quelques chariots et brouettes, des pointes de flèches, des pelles, des pioches et divers objets éparpillés. Au fil des ans, la nature envahissante avait atténué l'horreur, l'avait même embellie. Des décombres, elle avait créé des jardins romantiques. Les vestiges d'une ancienne tragédie dansaient désormais au gré du vent qui agitait les débris, secouait la poussière, faisait valser les feuilles mortes et sifflait lorsqu'il traversait les fissures des pierres.

Alors qu'il observait les ruines d'un air songeur, Titombre aperçut encore une pie qui sautillait sur le sol, vraisemblablement en quête d'insectes. Pourtant, il pensait que ces oiseaux vivaient le jour et non la nuit. Était-ce la même qu'il avait vue plus tôt ? Peut-être avait-elle faim ? Intrigué, Titombre ne lâcha plus l'animal des yeux. Ce dernier continua à gambader dans l'herbe en allant dans la même direction que les fantômes.

Tout à coup, les nuages se dispersèrent et dégagèrent la pleine lune qui éclaira la nuit.

Le vent tomba. Les branches des arbres ces-sèrent de s'agiter.

Pendant un court instant, Titombre eut l'impression que la pie le regardait. Pourtant, les animaux n'étaient pas censés le voir. Puis, profitant de l'accalmie, l'oiseau s'envola. Titombre se dit que le vent l'avait empêché de rejoindre son nid plus tôt.

Miguel lâcha son protégé, qui pouvait tenir en place sans son aide.

— Maintenant que le vent s'est calmé, jé pense que tou pourras té débrouiller sans moi. Lorsque nous serons en vue de la colline qui est devant lé village, jé té laisserai.

Le petit fantôme hocha la tête. C'était la meilleure chose à faire. Sans vent et une fois qu'il saurait où aller, il n'y avait plus de rai-son pour que Miguel risque son âme pour l'accompagner.

Soudain, Titombre se retrouva collé dans un amas de fils gluants. Il voulut reculer, mais les fils le retinrent. Il s'aperçut avec horreur qu'il était pris dans une grosse toile d'araignée.

— Qué... c'est impossible ! s'exclama Miguel en se tapant le front. Cé trouc est dans notre dimension... et dans celle des vivants aussi puisqu'elle est attachée à cet arbre et qu'il y a des mouches dedans.

Titombre eut beau se débattre, il ne parvint pas à s'échapper. Miguel tira sur son drap en prenant soin de ne pas toucher à la toile, mais les fils résistèrent.

— Attends! Jé mé rappelle. Il y a longtemps, j'ai entendu dire que la sorcière se servait de toiles d'araignées pour faire des pièges à fantômes.

La main droite du harpiste devint beige et perdit sa luminosité. Titombre comprit qu'elle venait de passer dans la dimension des vivants. Miguel ramassa une branche.

— On m'a dit aussi qué, si elles étaient pratiquement indestructibles dans la dimension des morts, leur solidité né change pas dans celle des vivants.

L'Espagnol utilisa la branche pour arracher la toile d'araignée de l'arbre. Mais elle resta collée au petit fantôme.

— Et la briser élimine certains sorts visant à assurer sa solidité et sa colle.

De ses mains tremblantes, Miguel débarrassa le petit fantôme des filaments collants. Titombre se doutait que ces tremblements étaient dus à la peur.

— Il va falloir faire très attention. Quand tou séras seul, peut-être qué tou dévrais augmenter ta lumière spectrale afin de mieux voir les toiles d'araignées.

Mais Titombre n'écoutait pas, car il venait d'apercevoir une pie, posée sur un poteau de clôture. À la façon dont l'oiseau les fixait, lui et Miguel, le petit fantôme sut qu'il les voyait.

# Les loups-garous

— Houhou! murmura le petit fantôme en pointant la pie de son drap.

Miguel se retourna. Au même moment, l'oiseau détourna la tête.

— Tou as vu quelqué chose? s'inquiéta le musicien.

Titombre désigna la pie. Miguel haussa les épaules.

— C'est vrai qué c'est bizarre, une pie au milieu dé la nuit. Elle doit avoir faim.

Les fantômes reprirent leur route, suivis par la pie. À plusieurs reprises, Titombre attira l'attention de son compagnon sur l'étrange oiseau.

— Allez, viens Titombre! répondit d'abord Miguel.

— Mais qu'est-ce qué tou fais? Il ne faut pas perdre dé temps! dit-il ensuite.

— C'est vrai qu'elle est un peu collante, avoua l'Espagnol alors que Titombre le dérangeait pour la troisième fois.

La pie était posée sur une branche basse près des fantômes. Elle goba un insecte qui s'y promenait.

— Tu vois! Elle a faim.

Titombre sauta brusquement sur la pie en criant «houhou!». Il ne put la toucher, mais son geste fut si soudain qu'elle en tomba de son perchoir en piaillant. Le volatile n'eut qu'à déployer ses ailes pour se sauver sur une plus haute branche. Néanmoins, il s'était trahi.

— Elle nous voit! comprit Miguel, stupéfait.

Il resta un moment interdit.

— Jé crains qué... qué cé soit ... oune serviteur dé la sorcière, articula péniblement le harpiste.

— Allez viens, Titombre! se ressaisit-il. On va s'en débarrasser.

Miguel entraîna le petit fantôme dans une maison en ruines. Ils passèrent à travers les murs et ressortirent de l'autre côté. Mais la pie se posa sur le toit de la maison, juste derrière eux. Elle jacassait avec entrain, comme si elle voulait jouer avec les fantômes.

— Tais-toi, sale bête, lui ordonna Miguel en essayant de la frapper.

La pie l'esquiva en s'envolant et piailla de plus belle. Les fantômes rebroussèrent chemin, passèrent à nouveau à travers la maison et à travers les vestiges d'une étable un peu plus loin. L'inquiétant oiseau les attendait de l'autre côté. Alors, Miguel et Titombre coururent dans un bosquet. Ils profitèrent de l'abri des arbres pour changer de direction. À leur sortie du bosquet, ils ne virent nulle trace du volatile. Ils reprirent donc leur chemin.

Miguel marchait vite. Titombre voyait qu'il était encore plus nerveux qu'avant. La végétation qui devenait clairsemée n'aidait en rien. Cela les rendait plus facilement repérables. Miguel préféra à plusieurs reprises faire un détour plutôt que de se risquer sur un terrain à découvert. Bientôt, ils furent aux abords d'un champ de blé.

— Ces champs sont cultivés, réalisa Miguel. Ce ne peut être qué par des serviteurs de la sorcière... Ils doivent être au moins vingt pour exploiter oune si grand terrain.

Il se raidit tandis que les piaillements de la pie se faisaient à nouveau entendre. L'oiseau se mit à les survoler en effectuant des cercles au-dessus d'eux.

— Écoute, Titombre. Jé né vais pas pouvoir aller plous loin, ajouta-t-il à regret.

Il désigna l'horizon.

— Le village est par là, indiqua-t-il, la voix tremblante. Tou vas courir lé plus vite qué tou peux, sans jamais t'arrêter. Peut-être qué...

Miguel fut interrompu par un hurlement semblable à celui d'un loup, en plus féroce. Loin devant, d'inquiétantes silhouettes sur fond de pleine lune rôdaient au sommet d'une colline : des loups-garous.

Titombre voulut s'enfuir, mais Miguel le retint.

— Non, il né faut surtout pas rébrousser chémin, dit-il. N'oublie pas qué ces animaux né peuvent pas nous toucher. Jé crois qu'ils essayent de nous rabattre vers la sorcière.

Des larmes s'échappèrent de ses yeux terrorisés.

— Ça veut dire qu'elle est sur nos traces, gémit-il.

Malgré son état de panique, il était en mesure de réfléchir.

— Il faut aller sur le côté. Passer par les champs... et se cacher dans la forêt.

Les fantômes foncèrent dans les champs. Rapidement, les blés cédèrent la place à des graminées sauvages et à des mauvaises herbes. Ces fourrés touffus, souvent aussi hauts que Miguel, auraient pu offrir un refuge aux fugitifs, mais, avec la pie qui les survolait en piaillant, il leur était impossible de se cacher.

Titombre devina au visage plein de larmes de son compagnon qu'il regrettait amèrement d'être venu. Si les bêtes qui les suivaient étaient bel et bien de mèche avec la sorcière, leurs chances de lui échapper étaient très minces. Le petit fantôme n'aurait su dire si le sentiment le plus fort en lui était la peur d'être détruit ou le regret d'avoir mis Miguel dans le pétrin avec lui.

Les hurlements ne tardèrent pas à se rapprocher. Bientôt, les fantômes entendirent les craquements que leurs poursuivants faisaient en courant dans la broussaille.

Leur fuite prit fin sur la berge rocailleuse d'une petite rivière peu profonde avec un faible courant. Miguel freina brusquement pour éviter de tomber dedans et retint le petit fantôme.

Il y eut un grondement à glacer le sang en provenance de l'autre rive.

La pie se tut.

Les herbes remuèrent.

Titombre distingua une ombre monstrueuse et bestiale, encore plus sombre que la nuit, avancer entre les roseaux. C'était une bête de cauchemar, un loup-garou encore plus terrifiant que ceux de la forêt. Sans se presser, cinq de ces carnassiers entrèrent dans la rivière, dans laquelle ils avaient pied, et avancèrent à la lumière de la lune qui fit étinceler leurs crocs.

Derrière les fantômes, des silhouettes menaçantes aux perçants yeux jaunes grognaient entre des touffes de hautes tiges souples.

Les loups-garous ne couraient plus. Ils encerclaient leurs proies et salivaient à la perspective de les croquer. Contrairement à leurs semblables de la forêt, ils contrôlaient leur rage.

Miguel ne se laissa pas abattre.

— Suis-moi, lança-t-il au petit fantôme.

Convaincu que ces bêtes ne pouvaient pas le toucher, le musicien s'élança afin de traverser leur cercle.

Les gueules des loups-garous devinrent bleues et vaporeuses. Leurs pattes de devant subirent la même transformation. Titombre comprit que ces machoires musclées et ces griffes affûtées venaient de passer dans le monde des fantômes. Il essaya de dire à Miguel de se méfier.

— Houhouhou!

Un loup-garou attrapa Miguel par le bras et le jeta au sol. L'Espagnol fut si surpris que son cri de douleur resta coincé dans sa gorge. Une seconde bête le mordit à la jambe et le harpiste retint de toutes ses forces un hurlement qui se transforma en gémissement. Il espérait encore éviter d'attirer la sorcière.

Alors que les loups-garous plantaient à leur guise leurs crocs dans le corps spectral du pauvre ménestrel, ce dernier n'avait que le bout de ses doigts pour se défendre, la seule partie de son corps qu'il était capable de faire traverser dans la dimension des vivants. Ses coups de pied n'effleurèrent même pas ses agresseurs.

Pendant ce temps, Titombre se déroba aux premiers assauts des loups-garous avec une adresse qu'il ne soupçonnait pas posséder. Il échappa à une charge en sautant sur le côté, passa au-dessus de la tête d'une bête pour échapper aux crocs d'une autre et se faufila entre leurs pattes. Seules les gueules des loups-garous et leurs pattes de devant semblaient être capables d'entrer dans le monde des fantômes. Le petit fantôme tournait donc autour de leur arrière-train.

Un loup-garou voulut agripper Titombre qui s'était sauvé sous un autre loup-garou. Le petit fantôme s'échappa en passant au travers du ventre de l'animal. La bête qui cherchait à le mordre releva brusquement la tête et frappa accidentellement son comparse qui culbuta.

Titombre fila entre les pattes d'un autre de ses assaillants, mais cette fois, un loup-garou énorme écarta violemment la bête qui servait d'abri au petit fantôme, lui faisant mordre la poussière, et ses mâchoires se refermèrent sur sa proie.

— HOUHOU!

Titombre éprouva une vive douleur là où les crocs étaient plantés. Il se débattit de toutes ses forces. En vain. Il était pris dans un étau.

Titombre jeta un coup d'œil à Miguel. Le musicien était brisé, résigné. Il n'opposait plus aucune résistance.

Un loup-garou à la gueule dégoulinante de bave se dressa au-dessus du petit fantôme, s'apprêtant à le mordre lui aussi. Le petit fantôme laissa échapper une plainte de désespoir.

— Houuuuuuuuu!

Soudain, l'attention du loup fut attirée ailleurs. Titombre se demanda ce qui l'avait distrait. Il tourna la tête.

Titombre eut l'impression qu'il allait éclater de joie lorsqu'il aperçut le chevalier d'Andalombes émerger d'entre les hautes herbes.

Le guerrier tira sa grande épée et défia les loups-garous de son regard de fer. Ceux-ci grognèrent et se jetèrent sur lui. Bien campé sur ses jambes, Charles d'Andalombes brandit sa lame. De la pointe vers la garde, l'épée fut parcourue d'une lumière bleue éblouissante tandis qu'elle traversait dans le monde des vivants. La lumière n'avait pas encore atteint la garde que le chevalier dut embrocher le loup de tête.

Devenue grise et métallique, la lame tournoya et ouvrit la gorge d'une seconde bête. Le chevalier para et esquiva les attaques des carnassiers. Il leur opposa une riposte impitoyable, donnant des coups de pied lorsque l'épée ne suffisait pas à la tâche. Maniée par des mains expertes, la lourde épée navra tous les loups-garous qui osèrent s'approcher. Les survivants prirent la fuite.

Titombre se releva péniblement et examina sa blessure. Des volutes de fumée blanche s'échappaient des entailles laissées par les crocs. Au moins, la douleur était supportable. Il rejoignit le chevalier qui s'était age-nouillé à côté de Miguel. Son épée, redeve-nue spectrale, était rangée dans son fourreau.

Le corps de l'Espagnol était percé de tou-tes parts. De chaque blessure s'échappait de la fumée blanche qui se dissipait dans l'air. Son bras droit était presque arraché. Sa harpe était cassée. Il avait les yeux clos et sa poi-trine était agitée de spasmes de douleur. Charles boucha l'une des plus grosses plaies avec ses mains.

— Il peut disparaître s'il perd trop d'éner-gie, confia le chevalier au petit fantôme. Mais nous n'avons pas le temps de le soigner. Il ne faut pas s'attarder ici.

Titombre remplaça le chevalier et entre-prit de couvrir le plus de blessures qu'il pou-vait. Ce faisant, il réalisa qu'il était un excel-lent bandage puisque son drap malléable pouvait se mouler sur le corps du musicien. Il finit carrément couché sur lui, pansant son torse et son bras.

— Pas mal, avoua Charles.

Le chevalier passa son bras sous les épau-les du blessé et les souleva avec délicatesse. Cela réveilla Miguel, qui ouvrit les yeux.

— Qué...

— Ne t'inquiète pas. Je vais te tirer de là.

Un pâle sourire étira les lèvres de Miguel.

— Chévalier, jé souis vraiment très content dé vous voir. Mais comment … Pourquoi ?

— Un ménestrel accepterait de s'aventurer sur le territoire de la sorceresse et un chevalier ne l'oserait pas ? Je fus forcé d'admettre que…

Les jacassements de la pie l'interrompirent. Miguel désigna le volatile, qui s'était posé sur la carcasse d'un loup-garou.

— C'est cet oiseau… qui nous a mis dans lé pétrin. Ses cris attirent les loups-garous… et sourement la sorcière aussi.

— Très bien. Je vais le faire taire.

Le chevalier reposa Miguel et dégaina son épée. À nouveau, la lame fut parcourue d'une énergie bleue et devint métallique.

Il rata la pie qui s'envola en piaillant son mécontentement.

— Oiseau de malheur ! rugit le chevalier.

Il ramassa une roche et s'apprêta à la lui lancer, mais il se figea : l'oiseau s'était posé sur le doigt crochu d'une vieille femme rabougrie, enveloppée dans un châle noir rapiécé. Miguel perdit son sourire et Titombre tressaillit en comprenant que c'était… la sorcière.

Le chevalier se ressaisit : il lança la roche, mais la sorcière l'attrapa.

Alors, il fonça sur la vieille femme en brandissant son arme et en poussant un cri de guerre.

— ANDALOMBES!

La sorcière le regarda approcher avec un rictus mauvais. Elle sortit prestement une fiole de verre noir du sac qu'elle portait en bandoulière et en enleva le bouchon. L'épée était sur le point de frapper lorsqu'elle fut immobilisée vis-à-vis du goulot de la fiole par une force surnaturelle. La lame fut renvoyée dans la dimension des fantômes. Le chevalier eut beau résister, son épée, et ensuite ses bras, furent aspirés, lentement mais sûrement, à l'intérieur de la fiole. Titombre ressentit le vent froid que causait le phénomène, même s'il se trouvait à une bonne distance. Le guerrier fut soulevé dans les airs et tourbillonna jusqu'à ce qu'il soit totalement englouti par le flacon. La sorcière remit le bouchon sur la fiole et la rangea dans son sac.

La sinistre femme s'approcha de Miguel. L'Espagnol repoussa Titombre qui était toujours couché sur lui.

— Va-t-en. Va à ta tombe.

Le petit fantôme recula, mais ne voulut pas partir. Il resta pétrifié devant le spectacle de la sorcière toute puissante qui se dressait au-dessus de son ami blessé et le regardait comme s'il était du bétail. Elle sortit une seconde fiole de son sac. Miguel tourna la tête vers le petit fantôme.

— Cours, Titombre!

Le vent glacial se déchaîna, le musicien fut soulevé dans les airs, tourbillonna, et la fiole l'avala.

La sorcière leva les yeux vers Titombre. Le petit fantôme détala entre les hautes herbes. Quelques loups-garous, qui ne s'étaient pas sauvés bien loin, voulurent lui donner la chasse, mais la sorcière rappela ses serviteurs d'un sifflement strident et ils abandonnèrent la poursuite.

# La mort
# dans l'âme

Depuis la lisière des champs, Titombre regardait tristement la sorcière et les loups-garous s'éloigner. Le sacrifice que Miguel et le chevalier avaient fait malgré eux pour le sauver le rendait malade. Ils avaient tous deux risqué leur âme pour sauver la sienne. Et ils avaient perdu. Ils allaient périr à cause de lui.

Plus rien n'empêchait désormais le petit fantôme de regagner sa tombe, mais il ne pouvait s'y résoudre. En quelques heures, il s'était énormément attaché à Miguel. Maintenant qu'il l'avait vu combattre vaillamment et soigner le harpiste avec douceur, il avait également beaucoup d'estime pour le chevalier. Et puis, il éprouvait une telle culpabilité.

Lorsque la sorcière disparut derrière une butte, Titombre se refusa à la perdre de vue. Il se hâta de la rejoindre, même s'il était conscient qu'il n'avait aucune chance de libérer ses amis. Il n'était même pas capable de retirer les bouchons des fioles qui les gardaient prisonniers.

En prenant soin de contrôler sa lumière spectrale et en étant très attentif aux toiles d'araignées, le petit fantôme suivit ses ennemis discrètement. Cette fois, il prit garde à mémoriser le chemin par lequel il passait. Il s'agissait de ne pas se perdre à nouveau.

En tête de la horde de loups-garous, le petit fantôme reconnut celui qui l'avait mordu. C'était le plus gros, le plus fort et manifestement le préféré de la sorcière car il marchait à côté d'elle et Titombre la vit lui caresser la tête.

— C'est du bon travail, Grufus, marmonna-t-elle.

Pendant le trajet, qui passait par des collines boisées, Titombre essaya de toucher aux arbres. En se concentrant, il sentit une sorte de membrane d'énergie autour de lui, une enveloppe invisible qui se dérobait sous ses efforts. Pendant de nombreuses minutes, il tenta de la percer. Sans succès. « Ça prend quelques décennies d'entraînement », avait dit Estelle. Il espérait que Charles et Miguel seraient en mesure de lui donner des conseils.

En entrant dans une forêt, le petit fantôme frémit en entendant chanter les oiseaux. Le lever du jour était imminent.

La demeure de la sorcière était une masure en pierre et au toit de chaume. Devant, il y avait un grand espace déboisé et, à droite, un puits et un abri pour les loups-garous et le bois de chauffage.

— Viens, Grufus, marmonna la sorcière.

La sorcière entra, accompagnée de son loup-garou préféré et de la pie, alors que les autres restaient à l'extérieur.

Pendant quelques minutes, qui lui semblèrent une éternité, Titombre resta tapi dans un buisson à se torturer l'esprit. Il n'osait ni s'approcher de la masure, ni se sauver.

Des volutes de fumée s'échappèrent de la cheminée, signe que la sorcière venait de faire un feu. Peu de temps après, elle ressortit avec de gros gigots qu'elle lança. Les loups-garous se jetèrent sur leur pitance en se bousculant et en montrant les crocs. Les plus

forts livrèrent une lutte féroce pour s'appro-
prier les gigots, mais leur agressivité n'empê-
cha pas leurs congénères d'y subtiliser une
ou deux bouchées. Un sourire méchant aux
lèvres, la sorcière regarda quelques instants
ses serviteurs s'entre-tuer avant de retourner
à ses affaires.

Lorsqu'elle claqua la porte derrière elle,
Titombre se décida à bouger. En se glissant
derrière les arbres et les arbustes, le petit
fantôme contourna prudemment les loups-
garous. Grâce à son état éthéré, il n'avait pas
d'odeur et ne faisait aucun bruit.

Titombre atteignit l'arrière de la masure.
Il traversa le mur et se retrouva dans une
armoire pleine de vieux grimoires. Afin d'observer discrètement les lieux, il sortit ses
yeux à travers la porte de l'armoire.

La pièce était très encombrée : étagères
surchargées, armoires et coffres si pleins
qu'ils ne fermaient pas. La sorcière concoc-
tait une potion dans un grand chaudron posé
sur le feu. Couché sur une paillasse, Grufus
rongeait un os. La pie se repaissait de graines
éparpillées sur une table où étaient entassés
des fioles, des bocaux et des paniers. Il y avait
aussi un gros livre ouvert, des bols, des cuillères, un pilon et un couteau effilé. Titombre
alla dans le mur et prit autant de hauteur

qu'il le pouvait afin de mieux voir le contenu de la table. C'est ainsi qu'il repéra les sinistres fioles de verre noir.

À sa grande surprise, le petit fantôme s'aperçut que ce qu'il craignait le plus n'était ni la sorcière, ni le loup-garou, mais la pie. L'oiseau était une vraie peste et, même s'il était occupé par son repas, Titombre craignait qu'il le repère. Il redoutait de s'en approcher, mais il n'avait pas le choix.

Heureusement, les endroits où se cacher ne manquaient pas. Titombre se faufila parmi les meubles. En sautant de cachette en cachette, il parvint à se rendre sous la table. Là, il réalisa que Grufus risquait de le voir s'il lâchait son os et se retournait. Par chance, Titombre était assez petit pour se cacher derrière les bocaux en se couchant sur la table. Le petit fantôme se brûla en frôlant par mégarde un liquide rouge agité de bulles. Son drap avait traversé sans le sentir la bouteille de verre qui le contenait. Il comprit qu'il valait mieux ne toucher à rien.

Titombre ondula tel un serpent parmi les récipients remplis d'herbes, de champignons, d'insectes et autres ingrédients. Il passa même devant un bocal rempli d'yeux. Finalement, il se retrouva face aux fioles noires. La vue de ces prisons lugubres et fascinantes à la fois fit naître un malaise en lui.

Des tourbillons se déchaînaient à l'intérieur, comme si elles retenaient une tempête captive. Portés par le vent, Miguel et Charles étaient réduits à la taille d'une souris. Manifestement à bout de forces, Miguel flottait mollement, balloté par les éléments comme une feuille morte. Il semblait dormir, affrontant son destin avec calme, mais la grimace figée sur ses lèvres trahissait son désespoir. Charles était assis dans le vide. Le dos voûté, l'air sombre, il fixait le fond de la fiole.

Le petit fantôme se demandait comment leur signaler sa présence sans alerter la pie en même temps. Il essaya de toucher à la fiole qui contenait le chevalier. Son drap passa au travers du verre mais fut repoussé par les tourbillons. Cependant, le prisonnier avait dû percevoir quelque chose puisqu'il leva la tête.

Le chevalier écarquilla les yeux et entrouvrit la bouche en apercevant le petit fantôme. Stupéfait, il se redressa vivement et remua les lèvres, mais aucun son ne s'échappa de la tempête. Titombre désigna le bouchon, en quête de conseils. Charles fit une moue résignée et secoua la tête. Titombre n'en tint pas compte. Il se concentra de toutes ses forces afin de passer dans l'autre dimension.

Aucun fantôme n'avait jamais traversé la frontière dès sa première nuit, mais aucun fantôme n'avait sûrement jamais eu autant besoin que lui de le faire. Il s'obstina. *De toutes ses forces.* En vain.

Soudain, la sorcière délaissa le foyer. Titombre entendit ses pas qui approchaient de la table. Le chevalier lui fit signe de partir, mais il ne voulait pas les abandonner. L'homme lui fit un clin d'œil, afin de lui faire savoir qu'il ne lui en voulait pas malgré le triste sort qui l'attendait.

Juste avant que la sorcière ne le découvre, le petit fantôme se laissa tomber à travers la table. Le cœur en miettes, il comprit qu'il ne pourrait pas sauver ses amis. Même sans la sorcière et les loups-garous à proximité, il serait incapable de les libérer. Et puis, le soleil allait bientôt se lever.

La sorcière retourna auprès de l'âtre et versa une substance verte et visqueuse dans le chaudron. Le petit fantôme allait sortir de sous la table lorsque la pie atterrit sur le plancher à côté de lui.

— PWAK! PWAK! PPPWWWWAAAAK! PWAAAK!

Alertée, la sorcière se retourna, mais son loup-garou fut plus rapide qu'elle. Il bondit et ses pattes de devant entrèrent dans la dimension des morts. Titombre échappa de justesse aux griffes vaporeuses et bleutées. Talonné par Grufus, il sortit de la masure à toute vitesse et entendit son poursuivant s'écraser contre le mur derrière lui.

Une fois dehors, le petit fantôme freina aussi subitement qu'il avait accéléré ; il venait d'avoir une idée.

Sans réfléchir, Titombre fit demi-tour. De retour dans la masure, il fit deux fois le tour de la tête du loup-garou, encore un peu étourdi par le choc. Furieux de s'être assommé contre le mur, Grufus réagit vivement. Titombre se plaça devant la table. Il regarda, sans broncher, la bête déchaînée foncer sur lui.

— GRUFUS, NOOOOOOON ! hurla la sorcière.

Au dernier moment, Titombre esquiva la charge. Emporté par son élan, le loup-garou percuta la table.

La table bascula et les récipients de verre se fracassèrent sur le plancher. Les produits toxiques giclèrent, certains liquides explosèrent en se mélangeant, Grufus gémit de douleur et le chevalier d'Andalombes émergea de la fumée, l'épée au poing.

# Les toiles d'araignées

La pie poussait des piaillements surexcités en sautillant sur place. Blessé par les explosions, Grufus se lamentait et se traînait sur le sol, son pelage dégoulinant de sang. La sorcière et le chevalier se trouvaient nez à nez.

L'épée de Charles fut parcourue d'une lumière bleue alors qu'elle traversait dans la dimension des vivants, mais la harpie se protégea en lançant un maléfice. Un éclair vert frappa le guerrier à la poitrine. Il fut projeté en arrière et grimaça de douleur. La mégère se précipita vers une armoire et en sortit une autre fiole de verre noir.

Le chevalier ramassa prestement Miguel et le cala sur ses épaules.

Pendant que le blessé, déboussolé, baragouinait en espagnol quelque chose qui ressemblait à «Que se passe-t-il?», Charles suivit Titombre qui lui indiquait, en désignant le mur du fond, qu'il valait mieux fuir par derrière, évitant ainsi la horde de loups-garous qui se trouvait devant la masure.

Ils coururent dans la forêt, suivis de la harpe de Miguel, tandis que la sorcière ralliait ses troupes.

— Les prisonniers se sont échappés! hurla-t-elle. Dispersez-vous! Retrouvez-les!

Le chevalier s'adressa à Titombre.

— Cet endroit doit être infesté de toiles d'araignées. Passe devant, je te libérerai si tu es pris.

Titombre accepta ce rôle d'éclaireur et prit les devants. Cela permit aux fantômes de filer à toute allure et de diminuer leur lumière spectrale, qui aurait pu les trahir.

— Titombre, tou es formidable, le félicita Miguel d'une voix faible. Jamais je n'aurais pensé qu'échapper à la sorcière soit possible.

Titombre aurait voulu lui répondre qu'il n'avait fait que réparer ses propres bêtises. Il aurait aussi voulu lui faire savoir à quel point il était affecté de le voir si mal en point. Mais il dut se contenter d'essayer de sourire avec ses yeux.

— Attention ! cria le chevalier.

Trop tard ! Titombre fonça droit dans une grosse toile d'araignée.

— Plus tard, les sentiments, gronda le guerrier en brisant les liens du petit fantôme avec son épée. Nous sommes loin d'être tirés d'affaire.

Titombre resta coiffé de la toile d'araignée. Le chevalier fit son possible pour enlever les petits fils gluants et collants avec sa seule main libre en même temps qu'ils couraient mais le petit fantôme se prit dans un autre de ces pièges, puis un autre et un autre encore. Les toiles d'araignées brisées ne contraignaient pas ses mouvements et ne collaient plus trop aux feuilles et aux branches. Le seul ennui, c'est que ce cocon de filaments appartenant aux deux dimensions ne passait pas à travers les arbres que le petit fantôme devait désormais contourner.

Lorsqu'il atteignit l'orée du bois, le petit fantôme était couvert de fils gluants et entremêlés desquels pendaient quelques araignées et mouches mortes.

Ils se dépêchèrent de franchir les collines. Malgré le poids de Miguel, Charles allait si vite que le petit fantôme avait bien du mal à le suivre. Le chevalier s'arrêta dans un potager contigu aux champs de blé et à un petit boisé.

— Il faut que je reste sous le couvert des arbres, dit-il. Quitte à faire un détour. Toi tu es assez petit pour te cacher parmi les blés. Ton village est par là, indiqua Charles. Une fois dans le cimetière, tu seras en sûreté.

L'homme entra dans le boisé.

— Cette nuit, tu as fait preuve du courage des meilleurs chevaliers.

— Hasta la vista, Titombre !

Le petit fantôme agita son drap en signe d'au revoir tandis que ses amis s'éclipsaient dans la forêt.

L'instant d'après, Titombre sauta derrière un gros chou, car des loups-garous venaient d'apparaître au sommet d'une colline. Ils scrutaient les environs, hésitant sur la direction à prendre.

La pie se mit à jacasser non loin. Apparemment, elle venait de repérer Charles et Miguel. Les bêtes s'élancèrent vers son appel.

— HOU! HOU! cria le petit fantôme en jaillissant de sa cachette.

Les loups-garous poussèrent de féroces grognements et se précipitèrent vers Titombre qui détala dans le champ de blé. Juste avant d'être rattrapé, il bifurqua, et ses poursuivants passèrent en trombe à côté de lui sans le voir.

# Les citrouilles sauvages

Le petit fantôme filait comme le vent entre les blés. Déjà, le ciel commençait à s'éclaircir.

Les loups-garous ratissaient les champs, mais il n'était pas facile de trouver quoi que ce soit dans cette végétation touffue. En évitant soigneusement leurs patrouilles, le petit fantôme parvint à se rendre au sommet de la colline. L'autre versant était une pente abrupte et caillouteuse qui n'offrait aucune cachette. Aussi, le petit fantôme hâta sa descente, bien qu'il soit épuisé.

Au pied de l'escarpement, sur le bord d'un petit lac, s'étendait un village complètement décrépit. Beaucoup de maisons avaient le toit arraché ou des pans de murs effondrés, la pointe du clocher de l'église s'était écroulée et le tout était tellement moisi qu'il y avait même des arbres qui avaient poussé en plein milieu des rues. Titombre reconnut l'endroit qu'il avait quitté au crépuscule.

À l'horizon, le ciel était maintenant vert.

Titombre venait juste de s'engager dans la rue principale lorsque deux loups-garous surgirent devant lui. À cause des toiles d'araignées dont il était couvert, le petit fantôme ne pouvait plus traverser les murs, mais il pouvait se faufiler par le moindre petit trou. Il s'échappa par une fissure dans le mur de chaux de la maison voisine. Le loup qui le suivit resta coincé.

Titombre se sauva par la porte, qui ne tenait que par un seul de ses gonds, traversa la rue et se cacha dans les restes d'un pâté de maisons, qui n'était plus qu'un tas de décombres.

Les loups-garous entreprirent de fouiller les ruines. Titombre se coucha et rampa derrière un madrier brisé. Résistant à l'envie de foncer au cimetière, le petit fantôme surveilla ses ennemis et attendit patiemment qu'ils aient le dos tourné avant de changer de cachette. Les loups-garous étaient plus rapides que lui et le rattraperaient avant qu'il soit en sûreté.

En se faufilant de débris en débris, le petit fantôme avança sans se faire repérer. Il se retrouva bloqué par une large rue dans laquelle il n'osait se risquer car il lui aurait fallu franchir un grand espace à découvert et les maisons d'en face, intactes avec portes et fenêtres barricadées, n'offraient aucune issue. Le fugitif essaya plutôt de s'éloigner de ses poursuivants tout en restant du même côté de la rue, mais il ne put aller bien loin avant qu'un loup-garou vienne fouiller tout près de lui.

Tapi derrière un minuscule pan de mur, le petit fantôme n'osait plus bouger. Terrorisé, il entendit le souffle de la bête derrière son maigre abri. Une large patte armée de griffes acérées se posa sur le mur, juste au-dessus de sa tête.

— Alors, où est-il? tonna la voix criarde de la sorcière.

La patte se retira. Titombre risqua un coup d'œil et vit que l'animal s'était retourné, distrait par les cris de sa maîtresse qui arrivait en trottant, accompagnée de trois loups-garous, dont Grufus.

Titombre se précipita dans la rue et s'engouffra dans une étroite ruelle qui s'ouvrait entre des murs de pierre.

— Où est-il? répéta la sorcière. AH! BANDE D'INCAPABLES!

La ruelle était obstruée par un amas de fougères et de plantes grimpantes. Malgré sa petite taille, Titombre eut du mal à traverser cet enchevêtrement de branches.

Le feuillage de jeunes arbres bloquait la lumière de la lune, si bien que le petit fantôme décida de s'éclairer de sa lumière spectrale.

La lumière blanche révéla un toit de feuilles jaunes, rouges et oranges, des murs de lierre qui grimpaient sur la pierre et un plancher de mousse qui recouvrait un vieux dallage. L'endroit était magnifique, magique. Il y avait des papillons posés sur les troncs des arbres, des fleurs sauvages qui commençaient à s'ouvrir, des pierres brisées garnies de champignons et même des citrouilles de toutes tailles. Ce petit coin de nature au milieu des ruines, c'était la vie qui s'épanouissait au cœur de la mort et qui l'aurait vite remplacée.

Titombre parcourut cette ruelle lentement. Il aurait voulu s'y reposer un moment, car il était à bout de forces. Néanmoins, le soleil ne lui en laisserait pas le temps.

Le petit fantôme frémit en entendant un craquement. Il se retourna. Rien. Sans doute un petit animal. Il continua son chemin.

Un autre craquement. Quelque chose remua dans l'ombre.

Le petit fantôme trouvait l'endroit un peu moins accueillant tout d'un coup. Il se dépêcha de partir. Alors qu'il passait devant une grosse citrouille, des craquements répétés retentirent. Il regarda derrière lui; quelque chose s'agitait dans l'obscurité. Titombre n'aimait pas ça du tout.

Un craquement sonore, juste à côté de lui, le fit sursauter. Il se retourna vivement vers la grosse citrouille.

Trois rayons de lumière orange percèrent la chair du gigantesque fruit. Une bouche avec une seule dent et deux yeux malicieux se formèrent. Les orifices étaient incandescents. Comme si l'intérieur de la citrouille était un brasier.

Toutes les citrouilles de la ruelle avaient maintenant un visage. Elles fixaient le petit fantôme de leurs espiègles yeux de braise. Titombre s'enfuit.

Le petit fantôme sortit de la ruelle avec au moins une douzaine de citrouilles sautillantes aux trousses. Il n'alla pas bien loin avant que quatre loups-garous lui barrent la route. Pris au dépourvu, le petit fantôme ne savait plus quoi faire. Il n'avait plus que le ciel pour issue. Pour éviter une gueule remplie de crocs, il trouva la force de s'envoler jusqu'à presque deux mètres de hauteur. Le loup-garou le plus proche sauta pour se saisir de lui, mais les citrouilles le renversèrent.

Titombre n'arrivait pas à savoir si les citrouilles se battaient ou si elles jouaient, mais c'étaient de vraies sauvages et les loups-garous étaient assaillis de toutes parts. Tandis que les grosses citrouilles leur sautaient dessus, les plus petites leur mordaient les pattes, et ils avaient beau les secouer, ils n'arrivaient pas à s'en débarrasser. Les loups-garous distribuaient de furieux coups, avec pour seul effet de faire rouler les citrouilles, qui repartaient aussitôt à la charge.

Titombre profita de l'affrontement pour disparaître.

Il progressa prudemment dans le village jusqu'à ce qu'il parvienne à se glisser dans la cour d'une épicerie d'où il avait vue sur le cimetière. Caché entre deux tonneaux, il l'observa.

La délimitation du cimetière était très claire. À l'extérieur, la broussaille et les mauvaises herbes. À l'intérieur, la pelouse soigneusement coupée et les feuilles mortes ramassées. Apparemment, les fantômes veillaient à l'entretien. Aucun d'entre eux n'était en vue, mais c'était probablement parce que l'horizon se colorait de rouge.

Les quelques mètres qui restaient à franchir n'allaient pas être faciles : le terrain était à découvert et le cimetière était gardé par une douzaine de loups-garous éparpillés le long de son pourtour. La sorcière était parmi eux, mais, au moins, elle était loin de l'endroit où Titombre comptait passer.

Entre Titombre et le cimetière, il y avait un puits et un chêne. Deux cachettes qu'il devrait atteindre l'une après l'autre sans se faire repérer. C'était une manœuvre risquée, mais il n'avait plus le temps de faire de détour afin d'atteindre les côtés moins surveillés du cimetière.

Il pensait en être capable. Il s'agissait d'être furtif.

— PPPWWWWAAAAAKKKK ! PPPIIIIIIIII ! PPPPPIIIIIIIIIWAAAAK !

Le petit fantôme sursauta. La pie sautillait sur le tonneau derrière lui.

Tandis que les loups-garous se précipitaient vers la cour de l'épicerie, Titombre s'élança. Deux loups-garous surgirent derrière lui et le talonnèrent tandis que d'autres lui coupaient l'accès au cimetière. Parmi eux, Titombre reconnut Grufus. Campé devant le cimetière, il avait le pelage taché de sang séché, les babines retroussées et ses yeux exprimaient une fureur indicible.

Le petit fantôme tourna en catastrophe. Son geste fut si soudain qu'un de ses poursuivants heurta le voisin de Grufus.

Titombre contourna les loups-garous. Il croyait s'en tirer car le loup-garou le plus proche semblait plutôt lent et il bloquait tous les autres. Mais, d'un bond puissant, Grufus sauta par-dessus et happa le petit fantôme avec ses griffes au moment même où celui-ci franchissait la limite du cimetière.

Titombre en resta tellement saisi qu'il ne ressentit pas la douleur. La chute vers le sol, où Grufus allait l'aplatir et le terrasser, fut longue longue longue... Il ferma les yeux et se prépara à souffrir terriblement. Mais il ne sentit rien.

Titombre ouvrit les yeux. Il était couché dans l'herbe rase, à la limite du cimetière, et les pattes du loup-garou passaient à travers lui. Elles étaient redevenues noires. Elles n'étaient plus dans la dimension des fantômes.

Les grosses pattes tripotaient les toiles d'araignées vides. Les fils collants avaient perdu leur capacité d'interagir avec le monde des morts et avaient libéré le petit fantôme. Désemparé, Grufus gémissait et regardait partout autour de lui. De toute évidence, il ne voyait plus sa proie.

Titombre se releva en prenant garde de ne pas retourner hors du cimetière et s'éloigna de sa limite. Les griffes du loup-garou n'avaient laissé que des égratignures sur son drap. La douleur diminuait déjà.

Refusant l'échec, Grufus continuait à s'acharner.

— C'est inutile, Grufus.

La sorcière balaya le cimetière du regard, mais ses yeux ne se posèrent pas sur le petit fantôme. Apparemment, elle ne le voyait pas non plus. Elle s'en alla et ses loups-garous la suivirent, bredouilles.

Dans le cimetière, le petit fantôme était inaccessible, même pour la sorcière.

# Le cimetière

Apaisé par la faible lueur de l'aube naissante et par l'herbe fraîche parsemée de rosée qui pétillait agréablement au contact de son drap, Titombre sentit une tonne de peur, d'angoisse et de tension s'envoler. Enfin, il était sauvé.

L'horizon était orange et les nuages rosés. Titombre décida de regagner sa tombe sans perdre de temps. Il regarda autour de lui afin de la repérer, mais ne la vit nulle part. Ses souvenirs du crépuscule étaient flous. Il avait l'impression qu'une éternité s'était écoulée depuis. Il s'était passé tant de choses, cette nuit! L'angoisse se rabattit sur lui. Si près du but... Ce n'était pas possible qu'il échoue maintenant!

Le petit fantôme se força à se calmer et à réfléchir. Il devait se rappeler. Il pouvait le faire.

Pour aider sa mémoire, Titombre arpenta les rangées de pierres tombales, mais aucune n'évoqua de souvenir en lui. Il eut beau se creuser la tête, plus il y pensait et plus il avait l'impression qu'il n'y avait aucune pierre tombale près de l'endroit d'où il était sorti. Il se rappelait seulement une belle roche rouge veinée de noir qui l'avait brièvement captivé par sa couleur particulière. En posant les yeux sur un grand merisier aux feuilles jaunes et regorgeant de fruits rouges, il se rappela que cette pierre n'était pas loin de cet arbre. Aussitôt, Titombre flotta jusqu'à lui.

La pierre rouge se trouvait sous le feuillage du merisier, à l'écart des autres tombes. Titombre remarqua avec soulagement que la terre avait été remuée. Il y avait une tombe ici, et c'était la sienne.

Titombre se plaça au-dessus du monticule de terre. Aussitôt, une énergie bienfaisante qui émanait du sol le fit frissonner d'allégresse. Le petit fantôme laissa descendre le bas de son drap dans le sol.

Avant de s'enfoncer sous terre, Titombre observa la magnifique pierre couleur sang qui décorait sa tombe. Aucune inscription n'était gravée dessus.

C'était sans doute mieux ainsi. Il n'aurait pas de regrets, ne s'ennuierait de personne et pourrait profiter d'une mort sans tourments. Seule sa curiosité en serait affligée, mais, comme l'avait dit le chevalier, il valait mieux se tourner vers l'avenir.

Titombre eut une pensée pour le guerrier et pour Miguel. Il se demanda s'ils avaient pu s'échapper et s'ils avaient pu regagner leur tombe à temps. Il l'espérait de toute son âme.

Il se rassura en se disant que, puisque la plupart des loups-garous, la sorcière et la pie l'avaient suivi jusqu'au village, seule une poignée de loups-garous avait pu prendre en chasse ses amis. Et ce n'était pas assez pour vaincre Charles d'Andalombes.

Il fallait faire confiance au chevalier. Il avait certainement réussi.

Les rayons du soleil jaillirent entre les feuilles d'or de l'arbre fruitier.

Serein, le petit fantôme s'abandonna à la terre.

# Table

La forêt hantée                          5

La tombe                                10

Le spectre enchaîné                     14

La Compagnie des feux follets           18

Une vie de fantôme                      25

Le château possédé                      34

Vent d'automne                          49

Les loups-garous                        56

La mort dans l'âme                      69

Les toiles d'araignées                  77

Les citrouilles sauvages                82

Le cimetière                            91

RECYCLÉ
Papier fait à partir
de matériaux recyclés
FSC® C103567

FSC
www.fsc.org

Marquis imprimeur inc.

Québec, Canada

2012

Imprimé sur du papier Silva Enviro 100% postconsommation
traité sans chlore, accrédité ÉcoLogo et fait à partir de biogaz.

BIO GAZ
ÉNERGIE